星群诗系

兰卡威一日

A day of Langkawi

一日

谢夷珊 著

天津出版传媒集团

百花文艺出版社

图书在版编目（ＣＩＰ）数据

兰卡威一日 / 谢夷珊著 . -- 天津：百花文艺出版
社，2023.3
　（星群诗系）
　ISBN 978-7-5306-8512-9

　Ⅰ．①兰… Ⅱ．①谢… Ⅲ．①诗集－中国－当代
Ⅳ．① I227

中国国家版本馆 CIP 数据核字（2023）第 052219 号

兰卡威一日
LANKAWEI YIRI

谢夷珊　著

出 版 人：薛印胜
责任编辑：张　雪
装帧设计：淡晓库
出版发行：百花文艺出版社
地址：天津市和平区西康路 35 号　　**邮编：**300051
电话传真：+86-22-23332651（发行部）
　　　　　　+86-22-23332656（总编室）
　　　　　　+86-22-23332478（邮购部）

网址：http://www.baihuawenyi.com
印刷：三河市华东印刷有限公司
开本：880 毫米×1230 毫米　1/32
字数：160 千字
印张：6.25
版次：2023 年 3 月第 1 版
印次：2023 年 3 月第 1 次印刷
定价：58.00 元

如有印装质量问题，请与三河市华东印刷有限公司联系调换
地址：三河市燕郊冶金路口南马起乏村西
电话：19931677990　邮编：065201

序
·雷平阳

在给自己的诗集《基诺山》所写的自序中，我有过这么一段话："访问或讨伐自己，得有一个贴心的地方。尽管闭门即深山，书斋里也有庙堂、当铺和万户捣衣声，但这几年来，我还是不想置身于虚设的场域，思想、肉身、道德观，几乎都因我的选择而浮沉在基诺族人世代居住的基诺山。雨林中的基诺山人。人、神、鬼共存的基诺山。"

读谢夷珊的诗集《兰卡威一日》，我自然而然地回到了自己的记忆中——在基诺山上奔波的时光与写作《基诺山》时的纸上远征，无数的现实时间和精神历险一下子又以场景或画面形式铺展在我的眼前。关于诗歌写作的路径问题，我一直推崇无边的想象和无边的虚构，但前提条件是我或者我们得有一座真实的敬亭山并以它作为世界的轴心和语言的试验场。基诺山即我个体的敬亭山，有它的山路、宗教、无序的法则和空想主义作为我想象力的源头，我才能通过虚构组建一座语言的巴比伦塔，我所创造的悬浮于天空的精神王国才能在人世上找到对应之所——这很重要，不少人不以为然，我视其为写作的理由：即使我把书桌安放在太阳的旁边，书写中的天堂也是以地面上那一座山作为雏形的，尽管飞升总是与反飞升同时存在。我对谢夷珊的诗学主张没有更多了解，基于他诗歌文本提供的信

1

息，我认为他和我的想法与书写方向基本是一致的，我写云南南方山地，他写广西以南的大海、岛屿和南洋。那是一片我完全陌生的领域，它之于谢氏犹如加勒比海圣卢西亚岛一带之于沃尔科特。地理学上的边沿地带，文化学意义上的边缘，谜一样的地方，到处是神祇和祭坛，入口和出口不对等，消失即存在，忧郁的，天天下雨，台风与漩涡，无底洞，海水等于沃土，漂浮，此岸与彼岸，港口和海峡，用诺亚方舟的尺寸建造的船——但布罗茨基在给沃尔科特的《加勒比海之诗》所写的序言中说："……外围不是世界的终结之处——而恰恰是世界的铺展之处……这位诗人来自的地方，是真正的原生巴别塔。"据此，我们可以这么认为——从世界铺开之处展开的写作，谢夷珊与沃尔科特乘坐的是同一条船。并且——需要重点强调——谁也不是这种方式的发明者，这种方式乃是无数写作者的本能，犹如天生就具有上帝的血统。在这条船上，有人坚持到了大海尽头最后的港口，有人中途去了别的什么群岛或孤岛。海市蜃楼的诗歌美学对许多写作者而言，消失的魅力远大于永恒的魅力。

　　谢夷珊文字中的领域对我有特别的吸引力，他的诗作也是如此。我视其为一次诗人在魂路图上的漫游和这一领域对诗人的成全，双方都沉郁而又富有异质感，是彼岸出现在我们身边并带来了彼岸的诗歌戏剧。

2022 年 12 月 22 日，昆明

目录

界河记

在旧时光里，惦记另一段旧时光
我抽刀断流，阻止不了鱼虾蹿往对岸
船泊冬季，我好歹在春天赖活着
母亲依旧在对岸的码头呼唤
父亲死不买账，说即使抛弃一切
也不能抛弃亲情。我珍藏着
承诺，活得越来越孤陋寡闻了
却始终没遗忘往昔。一条河流的尽头
倘若不是大海，就是遥远的天边
有浩荡的生活，是两个不同的世界

边城

河水绕过边城，去了开阔之地
我确信整个河床在抬高，今夜鱼虾藏于水底
唯有月光，隐约照出一些漂浮的脑袋——

而明天不能遗忘它们
在这世上不仅鱼虾有未来，河流也有
远离边城，一个人想法复杂并非痛苦的
谁伴随我有温暖的旅程

河里的鱼虾没有国籍，只有故乡

从地角遥望天涯

红树林往内河汊和浅海滩疯长

暮晚，鱼虾们成群结队

一会儿溯河而上，一会儿游向汪洋

天空是一个华盖，罩住整个大海

天涯在海天交接处，隐现怪石和坟墓

我在离它数千海里的地角小镇，谈笑风生

乘坐一条巨大的鲸鱼背脊上

起伏沉浮。静静恭候生命的垂暮

棕榈树的倾吐

"像一个埋在春天的人，没有了世界"
谈笑间，"我葬身鱼腹
变成了巨豚的粪便"
他从夏日返回，孤独伫立棕榈树下
飒飒起风时，风吹弯它的背脊
无数次扑向大海。他呆讷
鱼类般的眼睛，绝望地眺望落日
沉没海下。去汪洋中遨游
金黄色的花瓣犹如月亮的光芒
如何获得重生？墓碑刻着你我的姓名

我爱草潭

与这片海域里的鱼虾对峙，倾诉
我拥有一个温暖的落日。草潭
海水是草蓝色的。码头上空的鹭鸟
仿佛穿越海天间无数颗星光
随后，那些鹭鸟越飞越低
我欲转身离开，返回渔隐宾馆
依旧感受到渔港神秘的宁静
我爱草潭，庆幸拥有如此美好的傍晚

西湾渔镇

西湾岸的渔镇，隐没棕榈林深处
河汉与成片红树林横亘在滩涂
成群结队的鱼虾，顺流而下
远方的旅人，与我相聚于此
其实昨天他们已提前抵达
与海鸥攀谈，却没有客船渡我
众所周知，从河流泅渡大海
我将义无反顾遁入夜的黑
许多灵魂随成片棕榈林飘移
重返西湾岸，此生我已行走大半

海边坟场

晚风吹湿码头，我们走向椰林

一群画海的人，把茫茫的暮色收为己有

有画老人与滩涂，有画少女与鱼虾

我却描临魑魅天空下一片坟场

长眠的人，来自渔港小镇

夕照下，幻成海天间游荡的灵魂

巨石来自珊瑚礁，隐现的墓碑

被月光擦亮，照彻椰林后面的海景房

那个最后画上自己的人，躺在坟场中央

一群鸽子在界河两岸飞

一群鸽子在界河两岸飞。清晨，
越过对面教堂的尖顶，暮晚，
返回这边的广场闲庭信步。它们
总是飞来飞去，不用分辨国界，
"天下之大，何处吾之国土？"
朝游客点头，划过一道光亮，
遨游在自由蓝天。连最纯净的蓝，
在它们的肚兜下。所有的权利，
并非谎言。捎给远方的信使，
内心空空如也，两岸回声浩荡。

北仑河口古村落

我一路跋涉，抵达北仑河口古村落，
像一个冒险家，胸怀远航之旅。
喇叭形的河口，浊浪滔天，
崖礁下，滩涂的鱼虾涕泪横流，
深陷心灵的沼泽，孤独无依。
这条神秘的界河，终归汇入大海，
少年时代便向往遥远的彼岸，
内心豪情万丈，幸福如此饥渴。
当我仰天长啸，大海壮阔。
即使风暴骤临，北仑河口古村落，
飒飒作响的椰树下，唯有彼此缄默。

月光朗照下龙湾

月光朗照下龙湾，也朗照茶古岛
在北仑河畔，最适宜远眺
此刻月光朗照我，胸怀另一片
汪洋，我赶往最后一趟船
与山心、万尾、巫头三岛对峙

无边沧桑的海水，故国依旧
京族少女走下沙滩，褪掉青涩
她们内心深处，波涛暗涌
异域匆匆赶回的人，同样渴盼
重返原来生活的地方寓居

明天，我远离下龙湾和茶古岛
月光不知朗照到什么地方

倘若朗照石头，石头变得柔情
倘若朗照灵魂，灵魂升向天堂
我必须从遥远的北部湾返回内陆

在茶古岛聆听京族民谣

渔家女亮开她的嗓音，从红树林
袅袅飘来，眺望另一片海岸
异域的母语，三千里路云和月
蔚蓝色的大海，万顷碧波
孤独的旅人，带走头顶的鸥鸣
始终无法抗拒汹涌的波涛
是否有谁，从海里托起明月
他们自此遨游在海上的蓝天
我是否，前往风清月明的天涯
歌唱自己的祖国。自出生地
返回海角。永永远远都猜不透
暗礁与岛屿架设深邃的峡谷
当我奔赴茶古岛，独自仰望日出

红木林上空的月亮

茶古岛的运木材货车往芒街行驶，
暮晚，抵达界河的另一条岸。
谁能看见，红木林停止生长，
春水泛起，北仑河里倒映月亮，
在东兴小城隔海遥望茶古岛，
京族少女黎春唐，她有弯弯的睫毛，
眼眸是迷惘的海水，唯有海水，
映照她真实的自己。今夜的月亮，
悬在红木林上空，心也悬着。
她阿爸寓居东兴小城，每天祈祷——
偶去万尾、竹山、巫头穿行，
此刻，在茶古岛的红木林海滩，
她的脸庞像北仑河里月亮一样美。

春风又吹西海岸

暮色的西海岸，所有渔火亮了
苍茫的棕榈林逐渐黯淡下来
镰刀般的弯月收割天边的野草
棕榈树下那几间贝壳小屋
亮得耀眼，海面上涛声依旧
成群的海鸥扑棱扑棱飞翔嘶鸣
我的京族房东阮福大叔夫妇
说今晚的海妖肯定狂叫得更欢
深蓝的西海岸停靠很多渔船
春风一吹就恬睡，在梦里头
吹拂着你我，等待天亮后才醒

14

在北部湾聆听小白豚嘶喊

"渔水谣"从椤麻林，自海底山谷，
浮游、飞升。我眺望另一片海岸，
恍见一袭白裙，衣袂飘飘。
我有吟哦的词，恐被小白豚吞噬。
它就是一只海妖，在午夜嘶喊。
我不必要从腰间拔出利剑，
幸好月圆中天，它身体倾斜，
孤零无依，吐出带血的银币。
彩虹架设崖礁之间，倒映海下，
远离北部湾，我划动的桨已沉没。

芒街郊外的花梨林

深秋时节，芒街郊外的花梨林，
越南朋友阿福经营的花梨林，
翠绿了芒街，最显眼是这片花梨林。

我在其中一棵高大花梨树下，
阿福说，这是他祖父栽种的
花梨林。那时他的祖父还年轻，
从雷州半岛嫁接的花梨树苗，
八十年过去，长成茂盛的花梨林。

当我再次穿越这片花梨林，
阿福和儿子正砍伐一批花梨树，
将销往隔岸中国东兴小城。
阿福曾梦见自己的父亲，还有祖父，

死于雷州。那里花梨树越来越少，
如今，难见成片的花梨林。

阿福和儿子，把花梨木装满货车
一个多么幸福的秋天开始了。

芽庄的另一片海岸

在芽庄，谁曾眺望另一片海岸，
在红树的辉映里，渡船驶了过来。
午后的海浪，翻卷到船舷上，
有人吟诵海明威的《老人与海》，
仅有的片段，不断浮闪在夕照下。

所有的捕鱼人，拖着沉重的网，
不愿松手，鱼虾在眼底窜过，
渴盼更多的水手，驾驶众多船只
归航。大海是神奇的狩猎场，
到它上面去，眺望另一片海岸。

感悟于旅途，我愿和盘对你说出，
缅怀世事沧桑，没听见鸟鸣。

鱼虾跃过北部湾，谁将点燃渔火，
婉转的浅唱低吟，穿越时空，
行走于异域，孤独之旅遇见知音。

暮色中的归期

一个异域女子陪我父亲去收割
头扎稻秸，落霞将河水染成金色
偌大的鸟群，盘旋在低空
偶尔俯冲而下啄食饱满的谷穗
边地的十月，多么令人激动
谁在界河哭？远处吹来湿润的风
一辆农用车把这些谷穗运回家
苍茫的暮色接纳那个异域女子
流浪的归期，我唯有赞美——
即使身心疲惫，她仍拥有快乐
河流醒着，夜莺开始鸣叫
早预料到此，我应把旧事重提
明天将驾驶一辆越野车穿越边地
告诉每一个头扎稻秸的女子
爱上了她们，我多么的幸福

隔洋来鸿

谁知道这些越冬之鸟飞越汪洋
泊满了汪洋的星罗棋布之岛

还有更多的鸟绕着船舷桅杆盘旋
一根根细丝绳系在它们的肚兜底下

传递祖居地捎来夏秋之交的消息
无数次穿越过春天愤怒的内心

又一根根细丝绳自雾海茫茫捎回
对岸的那辆老式邮车驶往码头

亲人呐，望夫山上一棵相思树
还有什么放不下的，乃至遗忘的

海峡

滔天巨浪欲把蓝格条机船掀翻
汹涌咆哮，仿佛把整个世界颠覆
我们横渡海峡，颠沛流离
拎着棕色皮包的旅人已然失踪

崖礁高擎的灯塔，放射耀眼的光芒
另一个略显凄美、孤单的人
是否见证百年忧患和世事沧桑

如果海峡另一边是遥远的大陆
沿岸的人们突然泪流满面
那艘蓝格条机船在狭窄的航道穿行
我遗忘不仅是远方一双老布鞋
母亲不知疲倦纳鞋，一千零一夜

命运的时针早就不再指向你

明天我们是否继续横渡海峡
回忆中默默祈祷，然后向你诀别
浪追浪涌，不告诉你任何缘由

狭长而辽阔的海峡，忽闻鸥鸟嘶鸣
晨风中，我是那个啜饮海水的人

印度洋岸的早晨

远远望去，一棵棵蓬松的棕榈树
披头散发。很多都舞动在海边

生长在海边，抵挡台风和海浪
那么深蓝的海湾，棕榈树拥簇着

在早晨曾把大海的鱼类喊醒
碧绿尖长的叶片，呼啸响过耳畔

长久地摇晃，闪烁在深绿的海岸
火焰是海上的翅膀，倒映海下

这是印度洋岸的早晨，棕榈树
仿佛排山倒海，把整个大海覆盖

泰国湾

在深蓝的海湾，岸边遍长红树林
我在寂寞的旅途经过它们时
眺望沼泽，上面泊满走兽和飞鸟
撒下粪便。其中的某些岛屿
铺满卵石。有浮潜、游泳和日光浴
周围是客栈，大海有美丽帆影

马来人、印尼人和土著人在表演秀
他们还将深入那片沼泽探险
前天来了几个孟加拉湾的黑矮人
傍晚就地扎下帐篷，点燃篝火
随后把黑矮人带到了村落里表演
泰国湾海岸所有人都彻夜狂欢

午夜，整个度假村里灯火通明
星空下，相信我看透世间一切
蓝色的泰国湾，犹如巨鸟的翅膀
这谜一般的地域，呈现在内陆东岸
群岛的鱼虾成群结队游上海滩
爱在泰国湾，神秘莫测又智慧无边

西岸之屿

落日犹如一只火球，滚下安达曼海
梦中的吉普岛，漂浮在波涛上
别说西岸之屿，而是星罗棋布的
珊瑚礁，总是烁烁地闪耀海面
毫无规则地裸露在巨大的温床里

内心驱使自己，从这儿去斯米兰
肯定还会缩短很长一段航程
载舟前往，抵达皮皮岛和攀牙湾
西岸之屿，一排排椰树和棕榈
总有闪闪发光的贝壳和串串槟榔……

我昨天追随一群陌生游客赶来
今天钻出成片红树、橡树和麻粟林

与原住人捕捞从没见识的海域鱼虾
拥抱西岸之屿，简直太神秘了
我穿越海峡，投进它辽阔的怀抱

在丁加奴

我把彭亨河抛在身后，赶往丁加奴
漫步斜照的海滩，钻进椰林
原本仅是鲜为人知的一个消息
不知为何，传遍了整个华裔村落

"这位可是祖居地来的亲人？"
那位同宗小阿妹，歪着头问她父亲
随即从密林走出一群人恭迎我
几只鸽子在暮色中纷纷降落

他们笑着说，明天领我去观海龟
甚至有海豚、鲸鱼和鲨鱼出没？
成群海鸥飞翔在苍茫的暮色里
一缕神秘的晚霞舞向银河的星空

午夜时分，内心涌起莫名的忧伤
我数点诗歌中的椰树和棕榈
微风吹拂。有人兴奋跳起朱吉舞
更多人遗忘万里之外的故国

无论何时，我这浪迹天涯的游子
注定成为这个世界漫无边际的人
艰难的跋涉，并非虚空无谓的
总会在梦境和现实的交替中前行

兰卡威一日

兰卡威一日，我看见海浪

谁注意到椰树林后面的

巨大鱼干厂，悬挂金黄的鱼虾

鲜亮、闪耀。当暮色降临

滩涂的海妖偶尔低沉地

叫喊。这是八月最后的一夜

我乘船逃离，把从大海里打捞的

红蟹、青虾、花贝捎走

随即给万里故国放飞一只信鸽

我猜今夜，在深蓝的海上

肯定会升起一轮脸盆大的月亮

寓居异国的亲人旅人，同样

遥望日落海角，明月天涯

隔着万里，与你们对话

生命沉没的声响，滑落海里
鱼虾蹦跳上岸与棕榈飒飒飘扬
我于是匆匆逃离鱼干厂
去远处海滩，偶遇更多幸福的人
那一刻，我竟然没一丝悲伤

丹绒端灯塔

远远地眺望灯塔，在丹绒端
灯塔金光闪闪
我们挥舞手臂。夕照下
它开始黯淡。五百年
就这么守望而来
我们乘坐一个马来人的游艇
远远地，眺望灯塔

我们见识马六甲的海水
何管明亮或幽暗
我得承认自己拥有欣慰之心
人到中年的悲欢
有隔洋遥望，也会有厮守

暮色里，我们从游艇下来

海水漫上沙滩

大家远远地眺望灯塔

另一群人围在海滩

挥舞手臂，他们在狂欢

头顶满天星光，银河奔涌

在雪兰莪

在雪兰莪，从不飘雪
一年四季与雨有缘
秋天铺开一匹匹画布
描摹出一丛丛林园
有可可和咖啡的味道

风把一排排椰树吹弯
遮挡那些铁皮游轮
在低低的海岸线嘶鸣
犹如一些孤独的背影
仿佛已经地老天荒

我不可能再看到雪了
如果你也泪如泉涌

在风中缄默，隔岸等雨
忽见巨大的落日沉没
命运的罗盘旋回了内心

午后的森美兰

我确信自己胸怀一颗壮阔雄心
远眺那座无人居住的小岛
成群海盗偶尔停留或过往之地

几只黑燕围着一座百年灯塔盘旋
我注意到一个守塔人于塔顶
俯视停泊多年的一艘远洋货轮

有人从船舷上方挥舞棕榈叶旗帜
无须遮掩，远方来的游客
允许他们获得一闪而逝的欢愉

此刻，森美兰的海面渔帆点点
自去冬起我的心便雾锁南洋
为何一路迁徙，仍然根连着根的

可可树

如果我没来波德申

我不结识可可树

生长可可果的树

我看见果实可人的样子

几只甲壳虫爬上树

这是它们上上下下的家

让我满心的欢喜

我站在可可树下

仰望半边巴掌大的叶

风吹枝叶飒飒作响

此刻走来一个华裔少年

指着可可树说：哈

这是第三代嫁接的树

他最想告诉我的

这可可树与他一样

也是第三代，树龄不长

我注意它绿得发亮

枝杈间传来几声鸟鸣

关丹海滩

我背靠西马东海岸，确切地说
是从彭亨河的热带雨林匆匆赶来
眺望与大海平行的关丹海滩

关丹海滩，几乎是黑褐色沙粒
背靠西马东海岸，我出神打量她
潮涌的内心开出了奇特的花朵

绵绵不断的黑褐沙，犹如黑金子
向北延伸，到巴洛的珊瑚礁
迷人的港湾吸引游人勇敢弄潮

那个下午，我爬到一座钓鱼礁上
那儿有最早的古城堡遗址吗

上世纪一个锡矿，露出累累伤痕

幽深的山谷，有座供奉人的佛像
橡胶园走出一个泰国农场主
前往直拉汀村约会一位印尼女郎

我爱柔佛巴鲁

这几天，我仍停留在柔佛巴鲁
早晨和傍晚，爽朗地呼唤海
有时漫步棕榈林和橡胶园之间
有时穿行在腥咸的渔港里
这是马来半岛最南端的门户
它的东北面，相隔着拉奎岛

周围岛礁星罗棋布，椰树遍地
大海渔帆点点，我难以释怀
这神秘的、现代的柔佛巴鲁

柔佛巴鲁，那些最早起来的人
来这儿种黑儿茶和黑胡椒
每当长尾鸟尖叫，从深海湾

传到了麻椰地，甚至最后时刻
在我奔赴天涯时热烈响起
柔佛州，是不是最接近天堂？

我爱马来半岛的柔佛巴鲁
爱她教堂、皇宫、幸福的圣淘沙

空旷的渔隐码头

前方，那加工海产品的印尼小伙
运走鲜鱼皮，去喧嚣都市
许多土著渔民捕回满船的鱼虾

多少次，我抑制不住遥望——
穿过了渔隐码头，聆听海浪之音
从昨天的橄榄屿乘船赶来

我不经意回望，何曾忆当年
先辈下南洋，来了返，返了又来
但更多的人，永不复返了

当年，他们在现身空旷的码头时
难言幸福，况且活得艰辛
如今，他们早藏起了往昔自己

哥打巴鲁无烟工厂

刚竣工的那座无烟工厂，空气中
飘荡鲜泥土的味道，我的亲人
年初到关丹，建起一排偌大的厂房
紧凑的冬日，犹如故国的暖秋
优质的瓷土遍布临海的山峦
淡黄的色泽，将它放至月下朗照
在清晨推开窗，窑炉中的火
岂止一种图腾，把最美的白昼
交替过来，对接到万里之遥的岭南
当我再次前往哥打巴鲁的傍晚
告诉他们，延伸世界的脚步
竟然如此之近，而高大椰林间
戴红冠的马来犀鸟一声接一声啁啾

无人岛的落日

我们在无人岛的海滩，侧卧着
看落日，听涛声
或摊开手掌，叉开双腿
把茫茫暮色收为己有
航道里，波光粼粼
落日盛大，把椰树映红了

我得承认你我之间，阻隔着
一座无人岛。仅有的
一座小岛，本来是孤单的
我们一次次见证落日的静美

我愿成为海滩最后侧卧的人
阅尽无人岛的风光

海水漫过巨礁，银光闪闪

我把自己留给无人岛

看落日，听涛声

蓦然间隐现一座废墟

蓝色的，透明的，尚且寂寥的

奔跑的棕榈林

车窗外，那一排排的棕榈林
从布城到波德申，往南疾速撤离
又像许多披头散发的人，舞蹈在马六甲海岸

那些棕榈林，伸出的手掌是万物的
远方鱼虾的故乡，是湛蓝的海湾

起伏连绵的棕榈林，让这季节闪闪发亮
秋色正好，行行白鹭归来
代替富有的燕雀窝巢追随棕榈林往南奔跑

唤醒沉睡的内陆，曾经的故人寓居何方
每次都带回几丛原生的根须
风如火焰，雨如火焰

我所叙述的事物，包括命运

以及了无牵挂的自己和棕榈制品乃日常所需

吉打的稻浪

吉打的稻浪，恍若涌动的万顷碧波
不知是暖风铺开金黄的田畴
还是早晨的阳光，洋洋洒洒地洒下来

此刻没见秋水变幻，唯见稻浪翻滚
直抵天涯，一行白鹭绕着河汉
盘旋。平缓的流水漫过原生村舍

神秘的吉打河从大片田畴穿过
一艘喘着粗气的运粮船，溯流而上
突突突，突突突，突突突……

那些提弯镰的人，从河边到岸上
也有黝黑的马来女子，隐没在稻浪中
更有花格衫的泰国小伙，那么匆忙

自霹雳州北上

自霹雳州北上，我将奔赴印度洋
椰风飒飒，沙子树木纷纷扬扬
上面是吉打州，下面是雪兰莪州
天空犹若明晃晃的刀把其切割成块
西南面朝马六甲和苏门答腊

傍晚，我从昨天乘坐的白轮船下来
彩霞满天，鸥鸟在空中盘旋
落日悄然坠落远处神秘的大海
我曾故作悲悯，无比矜持地
念及往昔以及游往对岸的那头巨鲸
无所顾忌地谈论远方和故国

是呐，天空又如一只巨大的空瓶子

整座岛屿喷薄出金黄色的泡沫
谁劈开了海洋，一半留给我
另一半留给前朝迁徙过来的遗民
蓦然回首，隔岸的亲人遥遥无期
时光过去了，还有更多的时光

仿佛一个捆绑的死结即将解开
我再一次注意到百年以前的那些遗址
小餐馆的美食，日暮下的蓝
成群的海鸥没随那艘游船返航
最后，我还得义无反顾地返回乔治

勿老湾

前往那座美丽陌生的海滨城市
我把目光投向她的外港勿老湾
见识装运石油、橡胶、棕油和剑麻的庞大
集装箱，见识郊外连片的种植园

外港的繁忙，早超出航道之外
我如果不是第一次亲临其境
走进爪哇人和华人开垦的一片橡胶园
就不会感受到热带丛林透出的凉意

我拨开枝丫，聆听勿老湾的涛声
仿佛传到了遥远的马六甲
她没任何理由，拒绝故国鸿雁传书
在日月之间，在海天之间起舞

神秘的勿老湾，太古老了！
她连接太平洋和印度洋的沧桑逝水

"一座城市安静卧于一片海岸……"
棉兰老街有许多马来人和印度人漫步
我们曾经愉悦地穿行其中
偶尔停留，掏空一些久远的悲伤

夜晚，闪烁的勿老湾亮起了许多渔火
内陆上那些爱热闹的人，赶了过来

我迎面撞上的那些人

我迎面撞上的那些人，可以肯定

他们说的是马来语，刚从彭亨河汉下来

乘坐吃水很浅嘶鸣不止的机船

不知我们中间谁对他们呼喊

忽然间就传来他们的呼应

这是十月之初，一连下了几场雷雨

八百里两岸落英缤纷，肥硕鱼虾蹦跳上岸

众多黑燕不断在山崖上飞进飞出

喧嚣的午后，呜咽的机船

却有这么多纯朴的人恭迎我们

还有五颜六色的鸟欢喜地立在船舷上

说着 Apa khabar　　（啊爸 咔叭）

（注：Apa khabar，马来语，意思是"你好吗"）

你是否见过马六甲的月亮

为何马六甲海峡的月亮比内心柔软
我从没想过海水是沧桑的逝水
雾海茫茫，有翻飞的海鸥与轻浪

尘世之间，我何等的渺小
没来之前，命运从未颠沛流离
横渡海峡，一颗心自柔软变得坚硬

为何坠落的星辰，闪烁海面
是否与夕阳同辉，在任何的船舷下边
你是否见过那轮海下的月亮
而我是马六甲上空一颗小小的星辰

槟榔屿

那么多的槟榔奔跑，追逐黑皮肤姑娘
风雨兼程，前往一个风光明媚的神奇小岛
海盗不再停留于此。我去采摘槟榔

采摘的槟榔赠予谁，原土著居民？
马来人，缅甸人，印度人，华人后裔？
劳动者不分肤色和国籍，果实沉甸甸

友谊的见证，我总归拥有一颗宽容之心
海湾的鱼虾游向远岸，万物静好
感受到爱之邀约，明天迎娶你回家

印度洋的风吹往马六甲，吹走忧患百年
有人在春夜啜饮海水，仰望百年前的明月
有人乘船前往槟榔屿，讲着泰米尔语

我横渡到苏门答腊岛

逃离棕榈林，我赶往马六甲海峡
头顶金光闪闪，大海茫茫无涯
我奋力划水，是世界上最美的横渡者

时光安寂从容，我的身体平行海面
汹涌澎湃的大海让我屏住呼吸
一轮盛大的落日在万顷碧波上闪烁

海天之间，仿佛悬挂无数颗头颅
海鸥掠过了波光粼粼的海面
此刻的苏门答腊岛，张开双臂恭迎我

红霞燃烟，我横渡到苏门答腊岛
在日里河口，是另一片棕榈林
海滩有巴塔克人的一排排棕色房屋

布城

我得承诺自己穿越这方理想之地
逶迤铺开流翠、涤绿、澄明的万顷碧波
白鹜悠然低飞，盘旋空中花园

田畴犹若巨大的布匹，铺开亮闪闪的尤物
祈祷者有橡胶和油棕的丰收
相信命运，一个人邂逅一座城多么不易

曾是我想象中欣欣向荣的梦幻王国
穿越过众多河流和湖泊之间
如今它的广阔以我为中心，万物荡漾

马来犀鸟

我去婆罗洲偶遇它们，行踪飘忽不定
比如这些天下起了倾盆大雨
它们隐没雨中。雨过天晴
飞回那片茂密林子，躲进窝巢里
除了居于巢穴，依赖更多原生大树
渴望有充足野生水果和浆果
当我们重逢在落英缤纷的河岸
它们正向这边奋力地跃来
会不会跌落临近傍晚的落霞中
马来犀鸟，那么多人聆听它们的鸣叫
我前往河的另一条岸，野蕉林下
见到神庙塔，有些别样情怀
当我独自一人从诗巫小城悄然上岸
仿佛有钻进苍茫暮色里的感觉

它们悦耳的叫声，涤荡河水混杂的急流
河边停泊乌鲁族人许多货运木船

我是否仰望那些海鸥

穿越一片热带雨林，抵达班达亚齐

十月是最凉爽的季节

银色的海滩，弥漫白咖啡的味道

岛屿上空披着亮闪闪的外衣

我是否仰望那些海鸥

飞往苏门答腊西北。霞光中

头枕诺亚齐河岸，驶来一艘永乐大船

我遥想下西洋的古人

源自一个万邦来朝的国度

据说那年十月，第七次返航

椰树列队，海鸥嘶鸣

如今，我在诺亚齐河入海口徘徊

终于仰望到那些海鸥

还将赶上一趟快船，驶往布达肯岛

此刻，我竟然黯然神伤
那些海鸥不再飞向遥远的灯塔
好像永远在海滩上空低飞，盘旋

这一刻我不轻易描摹大海

这一刻，马六甲太过于激动
我却不轻易描摹大海
眼前的绿波浪，远处的白轮船
落霞中黑海鸥掠过耳鬓的呼啦声
远涉重洋的时光，把我拖回
海岛飘着咸咸的鱼腥味
离别或重逢，无所谓简单或者幸福

倘若，我是尘世间无牵无挂的人
面对大海不愿交出自己
不为别人左右，不求任何安慰
总是缄默，又有理由哀伤
愿这一路跋涉与你命运形影相随
垂手可触神秘的大海
马六甲，暮色之中闪着孤光

巴夭族少女

我留意到她们，穿戴树叶和花饰兽皮
是否昨天傍晚远离了东海岸
巴夭族少女，早让人心生敬畏
大多是捕鱼高手，横跨茫茫大海
她们又是一群讨海刻苦的渔家女人

前些天，当我从古晋深入到内陆
随即她们从浅海滩返回了森林
休鱼季节，巴夭族少女开始游耕
更精于骑驹策马。贯穿整个婆罗洲
种稻，收胶，采集沉香和槟榔
或给心爱的人，捎带蜂蜜和花卉

我去东海岸恭迎她们，巴夭族少女

是否我也有了一颗神往之心
谁的槟榔，仍悬挂在亚庇集市的屋檐
雨林中，掠过流泪的马来犀鸟
我的祖辈也把爱遗留在山打根小镇

马鲁古群岛的村落

河床里卵石明丽光滑宛若散落的犀鸟蛋
流水漫上岸将它们一遍遍淘洗
玉米秆和稻草拌泥巴盖成的棕色房屋
隐没在高大的椰林中，一树树排开……

上午，我钻进马鲁古群岛一个村落
一群塔尼姆巴尔人在朝霞中现身
他们刚去丛林狩猎，下午赶往河湾捕鱼
扛回的庞然大物令人目瞪口呆
所有的岛屿升腾起一束束神秘火焰

我带来了一架无人机和一台望远镜
见识更多木材、油棕、兽皮和鱼类
那些清甜的椰果随时触手可及

几个匆匆赶来美若天仙的少女头戴花冠
随意出入马鲁古群岛的任何住所

傍晚，我在马鲁古群岛一个村落漫步
为何选择乘船匆匆闯入又匆匆离开
当我恭迎南部沿岸的飒飒椰风
等待天明抵达中部海域神秘的潜水天堂

诗巫小城

最早结识它来自一枚邮票
二十多年前的一封沙捞越来信
邮票的图案是诗巫小城
今年十月我才来到沙捞越

昨日那边亲人微信传来照片
几个兄弟姐妹的一张合影
诗巫当年叫马兰瑙小镇
他们说小镇如今面目全非

照片背景是一座巨大的造船厂
祖父的哥哥当年南下马兰瑙
开荒垦地种植了一片油棕林
拉让江边垒起了一座小城

马兰瑙自此成为我向往的诗巫

诗巫已没"忆当年"的味道
可它，让奔赴远方的故人
一次次，归去来兮竟那么难

此刻，我在河岸上呆立了很久
依稀看到霍斯博士的房子
却没见到达亚人的独木舟
装运大批货物从此岸驶向彼岸

"如今那些人已静悄悄消失……"
时光可以掏空悲愤的一切
傍晚，我穿越浩荡的拉让江
独自一人返回了诗巫小城

现在，浮在拉让江的诗巫
依旧做迷茫的梦，安详的梦

奔赴爪哇

在苏门答腊停留数天便奔赴爪哇
此刻带着无限的喜悦和向往
偶尔哼着自编自弹的快乐歌谣
不厌其烦向周围的人传递旅途所见
当从南楠榜乘游船赶到西冷
再搭大巴抵达现代都市雅加达

雅加达之郊，碧绿田畴一片无涯
我终于打探到老表哥的消息
他已卧病在床，不指望还挨多久
整夜无眠，虚度寂寞的时光
我把祝福捎来，老人浊泪横流

远离祖居地，他总有一种挫败感

间常升起莫名的孤独和缅怀

昨夜长梦，记忆的情景非故乡

在郊外，我钻进了无边的橡胶林

老人几个儿女，分别居大马和文莱

我寻踪之旅，并因未谋面而搁浅

雨林的河流

波平如镜的河流，被弯曲的椰树簇拥
两岸是猩猩、犀牛、树鼩和貘的栖息地
有时河水淹没了它们，有时
覆盖在蕴藏着漫天雾气的雨林中
这是洋溢一种什么味道的河流？
我曾去丛林中徒步，偶尔奔跑
似乎遭遇前所未有难以突围的困境
忽然一阵暴雨倾盆，忽然那些
繁乱的杂木纷纷地倒伏下去
头顶再次掠过一群巨鸟，掠过了
苍茫的河流，错落的丛林
蓦然，坠落暴雨初歇的暮色里
让我想起，多年前自己穿越林野
那是曾经孤独的故乡，不是热带雨林

吉兰丹丛林

傍晚时分，几个泰国游客出现眼前
我涉过一条河流追上了他们
与他们并排站立又并排行走
夜里，大家在河边营地扎下帐篷
等待天明再去探险神秘的丛林

据说附近还有一个很隐蔽的村落
很早就居住一些种榴梿的人
方圆十里，弥漫着一阵阵芳香
山外，居然有人匆匆赶往这里露营
我不愿滞留，只想完成一次壮举

天亮后那几个泰国游客失去踪影
我循着他们的足迹尾随而至

这是我游历期间无法躲避的宿命
就算最终不能穿越这片丛林
我已经历一种未有过的艰苦历练

后来，我们还是迷路了返回到村落
重新整装待发顺着一条古道穿行
途中结识几个印度来的探险者
彼此成为志同道合的朋友
正午，终于抵达了马来半岛东海岸

京那巴鲁峰

我来到沙巴洲的沙巴神山

从猪笼草甸到一簇簇野兰花圃之间

热带丛林中的那些藤条、菠萝和蕉麻

置身花海中趋之若鹜，我确信

自己再也不能空手而归了

所有一花一草一木装纳于心

我把这株盛开的莱佛士，捎带北返

等待漫长的十月过去之后

天气依然有点潮湿、凉爽

在这海拔4102米的京那巴鲁峰

我俯瞰太平洋，远眺印度洋

连马六甲都觉得那么渺小

我于是杜撰出某些飞翔的词语

故国的亲人，如果你来沙巴砂拉越

就到茫茫无涯的大海里冲浪

最好在船舷挥舞一条红色的花头巾

飘向人们攀登的京那巴鲁峰

傍晚，我会孤独地走下山脚

群峰涌动，一座座奔赴远方的海洋

席巴克火山

我乘坐小巴，一路携着平原的雨水
傍晚赶往苏门答腊席巴克火山脚

此刻迎来太平洋沿岸潮湿的海风
不远的丛林跑出一些顽皮的猴子

有人徒步而至，在火山脚休憩
更多人放弃旅途的疲倦，向上攀登

爬至半山腰，我遇到一对开朗情侣
像是马来人，又像是菲律宾人

我思忖一会，或许爱情不分国籍
夜晚竟有两个女孩钻进了我的帐篷

原始的菠萝林从山腰延伸山顶
在露营高地，很多游客跳起篝火舞

月亮跃上悬崖是巨型的"爱之火山"
可惜，对于我却是"千年等一回"

清晨下到山脚买上刚出土的萝卜
我再一次回眸，席巴克火山刚刚熄灭

苏门答腊地鹃

消失若干年以后，苏门答腊地鹃
在一片丛林撞上摄影师的快门
其实，我并非很留意这些地鹃
即使属稀有物种，印尼人和当地人
也并非很留意，这些苏门答腊精灵

我更留意苏门答猎丛林，闪光的事物
每次蹚过涧溪，朝岸边行走
苏门答腊地鹃，就那么轻轻一跃
掠过崎岖的峭壁，流云泻下来

苏门答腊地鹃，我没看清她的芳容
她的影子，在九十年前是模糊的
不仅属于热带、赤道，属于整个印尼

属于生命和地域永不消逝的标志

而所有沉睡的往事，在雨林中苏醒

卡普阿斯河源头

在卡普阿斯河源头，边陲的交界处
横亘的巴都布罗克山脉峰峦高耸
刚下过一场暴雨，达亚克族人悄然现身
走出偌大长屋，朝游客欢呼
随后把我们迎进他们神圣的领地

低矮的茅房里，吊挂着巨型兽骨
卡普阿斯河的流水，浸润陈年猎物
所有的皆为古董，怪异之神
更似"黑暗的森林"的一束微光
我难以置信自己如何闯入危险之地的

卡普阿斯河源头之危，我在所不惧
毕生的追随，便是不断进出森林

越往内陆延伸，难免心生敬畏
我想与所有的达亚克族人交朋友
终于等待此刻，我选择义无反顾前往

谁说达亚克族人不愿与外界接触
谁说不允许外面的人进入他们的领地
我在船溯卡普阿斯河源头的午后
看到低洼处有长势喜人的一丘丘稻田
达亚克族女人在落霞中挥舞长镰

梦中的檀香树

我结识那儿的乌木、铁木和香桃木
还有栎树、栗刺树和香樟树
却没注意到檀香树，出现在梦中
在苏门答腊岛的热带雨林里
有更多奔跑的野兽和纷飞的植物

我最爱的檀香树，淹没森林里
忽然，河岸上坠落一场阵雨
弥漫幽淡的香味，已经没有阳光了
流水被高大的棕榈树簇拥着

我始终最爱檀香树，长在雨林里
在我游历过的苏门答腊东南
我的另一个故乡和更远的地方

枝杈在眼前高高耸立并飒飒飘舞

穿越了马六甲海岸的亮丽风景线

拉弗尔斯阿诺尔蒂花

我很早就知道它叫大王花

原名叫拉弗尔斯阿诺斯蒂花

在加里曼丹岛的热带雨林

仿佛撑着五彩斑斓的巨伞

又如青春期孩子长满的粉刺

我爱上了它特大的花肉

这些花还可以缤纷飞扬

像一只只丛林飞出的大鸟

我抵达婆罗洲之后我才发现

它竟然有神秘的诱人气息

吸引大量野蜂传授花粉

那天我走进一个毛律族村落

一朵拉弗尔斯阿诺尔蒂花

让几个毛律族产妇平安分娩

基纳巴坦甘河岸

刚才有个华裔老人，无意告诉我
若干年前这里最先迁来云南人
上溯雨林的水湄，接受一场原始洗礼
这是一条什么样的河流呢
静静流淌抑或奔腾咆哮，是否
散发着谜一样神秘的气息
一泻千里，义无反顾注入南中国海
河床抬高时，滩涂出现成群马来犀鸟
偶尔，有几只无所顾忌地鸣叫
多年以前，我曾亲临其境
是否也算一段刻骨铭心的回忆
随后从南到北，无数次躲避
大量咸水鳄鱼的攻击。穿越沙巴境
结识的是傣人、高棉人和原土著居民

当我乘船赶往辽阔的入海口
仍回望茂密的森林和红树林沼泽

苏腊巴亚

抵达之后，我竟不知道自己在赤道之南
不是到雅加达，而是赶往泗水
爪哇岛那么小，但又觉得如此大
泗水也如此大，地名曾叫苏腊巴亚

傍晚时分，远处出现一片荒凉的沼泽
有鲨鱼和鳄鱼出没，那是东爪哇
北岸某河口，仍有庞大的野兽在叫喊
它们远离乌戎－丹戎佩拉克港口

爪哇人把它们的柚木、甘蔗和木薯运出
马都拉岛的橡胶、椰子，胡椒如期运来
几乎同时前往一个地方：苏腊巴亚
我见到的苏腊巴亚，笼罩暮色苍茫

苏腊巴亚，像世界上任何一个地方一样
哪怕只见识一次，都不舍得遗忘
我还将赶往北岸，涉过布兰塔斯河
然后一直往东，或许天明抵达巴厘岛

巴漳岛

远离西爪哇，我再次奔赴神秘之旅
踏上了巴漳岛，满眼咖啡和芭蕉
探险途中，所有的人都欢欣雀跃
休憩片刻，随即向险峻的幽谷进发

特纳坦人将长矛埋在自家的院落
还用清脆的哨音把巨树的鸟雀唤醒
自此之后，他们重新诀别大海
身后无边的沼泽延伸到外部世界
薄明水光中，仿佛喷出升腾的火焰

我在巴漳岛乱石磊磊的河岸扎营
清澈的水面薄如蝉翼，汩汩流动
倘若前往南部岛屿，无须乘铁皮油轮

我追随那些来自异国的探险者
有个声音永远在耳畔回响：巴漳岛

特纳坦人最早在这片丛林建起了村落
随后中国人在此垦出富庶的种植园
直到马来人重返内陆的那一刻
浩瀚的大海一直延伸到世界另一边

普兰巴南

把海湾置于身后，梦见残垣废墟
寺庙建在平原上，沦为一堆堆瓦砾
消失的寺庙，没有留下遗痕
我窥见出南亚大陆的某些元素

西来的孟买人曾最早登陆爪哇岛
带来佛教，带走珠宝和珊瑚
在这个首善之地，祖辈们奔赴西洋
什么时候都与爪哇先民患难与共

普兰巴南，到处充满神秘的气息
人们祭祀湿婆、毗湿努和罗摩
主神啊，谁开辟出通往东方的航道
哪一座寺庙，不记载神秘的旅程？

如今仍有很多寺庙矗立日惹的郊外
普兰巴南，曾经拥有众多王国
浮雕中的山川，人物和美丽幻影
还有现实的普兰巴南，我难以遗忘

想象古晋

我在加里曼丹漫游居然没到古晋
也没拜访我的几个远房叔父
他们一直居住城郊种植胡椒和橡胶
把所有加工的制品销往古晋
从没想过要离开那座美丽的小城

同行的一个华裔女孩告诉我
古晋历史比她祖父出生年代还久远
先辈刚来时古晋只是一个渔村
他们登岛顺砂拉越河船溯而上的

如今古晋是东马的"水上之都"
猫状的河渠纵横，绿水悠悠
装运橡胶、椰子、胡椒的船来回穿梭

我聆听熟悉客家乡音传到很远
可惜我没能亲临古老的水城古晋

坤甸，你在哪里？

我知道，赤道不只是绕过你
而是穿越你，南下的先民
最早抵达坤甸，如今他们在哪里

它安静地躺在明亮的田畴上
我每次自万里故国赶来
转身，遁入河汉纵横的最深处

徜徉市区，一排棕榈树下
华人风情的水街，店铺，木船……
游人犹如河道窄巷里畅游的鱼儿

这个冬天，我再次远离故土
候鸟叼来祖地的问候，默默回忆

它们或者带来万般赞美——

坤甸，焕发耀眼的幸福之光
在弥漫着飒飒椰风海韵的香气里
你早已成为另外的异乡人

沼泽三角洲

如果，没目睹这片地域之前
在平原边上，我就不知道
它是多么的宽阔、浩茫——

坤甸的西南，大片沼泽三角洲
每年吸引千千万万的候鸟
从遥远的万里故国飞来。

当年，我惊闻一声春雷
初次与父亲，来森塔林河畔
探访父亲的堂哥，我的堂伯父

沼泽三角洲草长莺飞，河水丰盈
谁能预想，这么多年过去

它经历一次又一次磨难

如何呼唤它呢？辽阔的三角洲
让我远远后退，感悟人世间
每一次思念，似是故人来

我穿越你晴朗的早晨

你在午夜里穿越我，鹅黄的咖啡，
可可树在窗外，她们悄悄耳语。
我终于穿越你晴朗的早晨，
有人购买橡胶枕，旅途即将结束。
在那梦中的天涯，春暖花开，
最后，我拥有所有的远方。
你重新回到现实，获得某些幸福，
我来到可可树下乘凉，捧读
黄锦树的《大象死去的河边》，
这本反映南洋华人命运的小说，
我用左手翻阅，右手记录。
此刻的窗外，有闪亮的眼睛，
还有满树成熟的可可果。突然
天空散开一朵朵繁花。如果你有

更多成熟思想，孤独或忧郁，
甚至欢喜时，再次穿越你的早晨。

在橡树上空摘星星

在橡树上空摘星星，内心被擦亮，
整个身体轻飘飘的，用力扯开
帐篷的一角，天堂的流水涌进来。
那奔腾不息的一条大河啊，
承载着无奈的姻缘相隔于两岸，
万古千秋的一个神话传说，
让人有了缅怀乃至抒发豪情的理由。
却未觉察到，攀登需要勇气，
我背负行囊前行，尚有星辉指引
一片高山草甸自山巅延绵山谷，
空气如此稀薄，星光散落了一地，
忽然忆起午夜渐渐熄灭的篝火，
营地上飘荡着烤羊肉夹杂着啤酒味，
有人在高一声低一声吼叫，

还有人在狂野地跳着原始舞……
星光隐没，鸟群从橡树上齐齐飞出

斯米兰

斯米兰，它不仅仅是一座岛屿
是由九个小岛组成的群岛
十月之初，我将赶往那儿潜水
绚丽斑斓的珊瑚礁吸引了我
潜水已没勇气，就到浅海裸泳
澄碧的海水让我成为游鱼
似乎有某种魔力，穿越海上山脉
巨鲸游过汪洋，世界不安静
此时，我在斯米兰获得了什么
是否什么也没得到，是否
在那一刹那，无边的虚空里
快乐的心境，未遭到破坏
我遗忘芭堤雅，尽享纯净的湛蓝
独步海滩，竟然有金枪鱼追踪

成群的鼹鹿奔跑在神秘丛林

生死竟隔一片岸，没人出卖自己

最后，我唯有远离斯米兰

霞光依然闪烁万顷碧波之上

赶来的人，平安着陆又平安离开

迷上沙礁岛

没见椰树、棕榈以及橄榄雨奔跑
没见一尾忧郁的鱼，提前上岸
迷上沙礁岛，夕阳坠落深蓝的大海

在垒起的沙礁上，我们居然忘记
随船返航。很多人拼命划水
逃避、远离，我一次次泯灭了念想

斜照下的那些海鸥，多少次盘旋
岛上已然无人，却见一群鲸鱼流泪
我们的心，多年以前便支离破碎

在伊洛瓦底江眺望白鹭

沿着伊洛瓦底江，故国千里之外
此刻眺望白鹭，哪怕仅有一只
却见巍巍的群山高耸入云
我记忆中就有那么的一群白鹭
沿着宁静的岸边缓慢地滑翔
我曾蹚过独龙江，穿越恩梅开江
无数次，在一座铁吊架桥上
迷恋白鹭，倘若它们神秘消失
曾经在梦中的灵魂降落之地
神秘的宫殿，祈祷者手捧香火
肃穆仪式中出现巨大的祭坛
这个傍晚，当再次眺望白鹭
我的心没有呼喊，唯有迎风流泪

途经万象没见象

途经万象，居然没见到一头大象，
也没见到它们消失在界河里。

我去界河边洗手，徜徉大象死去的河滩。
随后渡过河去，抵达泰国；
顺水而下，漂往柬埔寨、越南；
逆水而上，遁入中国境内。

但途经万象，我依然没见到一头大象。
在郊外，巧碰一位说老挝语的华人，
携着他缅甸籍的妻子穿越湄公河。

一万头大象，唯有在他们的梦中出没。

曼谷，你好！

倘若没到过曼谷，不知道佛光普照，
寺庙几乎散遍城市的每个角落。
沿着湄南河边，从春天出发，
那些佛像，在阳光下一动不动，
它们是那么安静，如此慈善悦目
此刻的我，盯着一个从寺庙走出的
主持。印度洋的风缓慢吹来，
犹见暮色苍茫。辽阔的湄南河平原，
矗立起一座座泰国的粮仓，
这是世界的粮仓，泰国的骄傲。
曼谷，你好！中南半岛的心脏。
我是大地上爱的旅行者，跋涉万里，
偶遇过很多陌生或熟悉的人。
曼谷，你好！微笑之都的风光，
渴望一只只候鸟，飞回遥远的故国。

湄公河

沿着河流的流向，我一直往南
拍下了整个南方，湄公河三角洲

那广袤的平原，纵横的河汉
我独个儿哼着《Giờ Anh　Thế Nào》

内心犹如湄公河水一般闪亮
在鸽子起飞的清晨，滩涂异常宁静

辽阔的入海口，渔帆点点
而我复杂的情思依然一直往南

不管我发送的视频你是否留意
湄公河的波涛，一遍遍催我入眠

（注：Giờ Anh　Thế Nào，越南歌曲"现在怎么样"）

雅加达之夜：无眠

迷人的星光下跳起兰拜萨满舞，
走出了一群班达亚齐人。
随后几个客家歌手唱起了《星星索》，
舒缓、悠扬的巴达克族民歌，
袅娜地飘荡在雅加达辽阔的夜空，
星星索，星星索……今夜无眠。

今夜，八千人的心随星星跳动。
伴随苏门答腊吹来的椰风，
在爪哇岛，这美丽的繁华之地，
谁踏着八千里路云和月来，
星星索，星星索……谁枕星光入睡。

雅加达之夜，星星索，星星索……

西港之夏

夏日，西港并不安静，
代表柬埔寨的喧嚣，中南半岛的
欲望。甚至代表东南亚的
骚动。它曾经是亚洲的疯狂。

前些年，数十万人涌入海滨小城，
多年之后，为何纷纷逃离？

如今，西港要洗心革面吗？
谁把青春赌在这里，把爱情赌在这里，
把幸福赌在这里，把明天赌在这里，
是否，我已没有了明天？

我漫无目的行走西港的街头，

迎面撞上那么多的红男绿女，还有
西哈努克一幅慈祥的画像

湄南河平原

从北部丛林往南走，便有了平原
迂回湄南河。一片片稻田广袤无边
偶见低缓的山丘，在盛大阳光的直照下
河流自曼谷面北，地势渐趋于平缓

丰饶的沿岸沃土，泛起金色的稻浪
这是泰国的秋日，中南半岛凉爽之季
世界粮仓的屋檐。我要作一首诗
描述风调雨顺，随即转身前往海岸

沿途眺望，稻浪层层翻滚直抵天涯
据说人们崇尚"谷神""稻母"等神灵
在这高温多雨，水网密布的背景上
美丽辽阔的中南半岛，银光闪烁

我孤寂的内心，依然迂回湄南河
远离湄南河，泰国人的"河流之母"
当抵达曼谷平坦的郊外，暹罗湾红树林
又见到风光旖旎令人神往的芭堤雅

克拉地峡

克拉地峡那么窄，很快抵达它的边界
蓝白大巴高速行驶，载我去春蓬府
据说在那儿的海滨逗留是异常美好的
美好的日子犹如马来半岛一般长
穿越克拉地峡，我不再遥想马六甲

克拉地峡那么小，小如春风小蛮腰
绿色大巴风驰电掣地驶往泰国湾
安达曼海的夕照，把人的影子拉得很长
倘若某天，有谁把东南亚拉得更近
穿越克拉地峡，不再绕道马六甲

当我行走在它的边界，克拉地峡
胸怀太平洋连接印度洋的沧桑逝水

马来半岛仿佛我一只神奇的足印
而此刻的蓝白大巴,呼啸穿越赤道
泰国湾海水深蓝,安达曼海逝水幽暗

去吉婆岛

去吉婆岛，你是否如此的孤单?
我心存坦荡。在日落之前
独自一人眺望大海，安静地
欣赏落日，渔船从远洋归来
收获鱼虾满仓。但只代表
他们的幸福和快乐，与我无关
你如此的孤单，喜欢在傍晚
让尘世带来欣慰，我就是
一个安静的人，去吉婆岛海滩
独坐。寂寞海天竟如此悲悯
当然某一天，我追波逐浪
不会慌不择路，停靠船舷旁
在帆影与波光的辉映下，捧读
米勒·海明威的《老人与海》

《Hakka 客家》

大气磅礴又"客"味十足的一首歌
在大马上空深情地飘荡，升往月朗星稀
"飘往有日头的地方，就会有涯客家人"

你万里跋涉四海为家，也系客家人
昨日星辰，我们相约去槟城采摘槟榔
今朝醒来，转身穿越赤道血浓于水

《Hakka客家》只是一首歌，一起唱吧
你在故国那头，我在异域他乡
如果阿哥在天涯，阿妹肯定在海角

相约今晚，唱吧《Hakka客家》
共度"感恩之夜"，唱吧《Hakka客家》
每当夜阑人静，我依然等你悄然归来

黑人小伙奥西姆

黑人小伙奥西姆，自南苏拉威西省北上
他也是客家人，中文名字叫欧西母
曾祖母来自福建，曾祖父出生非洲肯尼亚

如今，他背靠在双威塔某餐厅一张藤椅
饮黑咖啡，皮肤如黑咖啡一般黑
源源不断流淌却是炎黄子孙的血液

今天吉隆坡双威塔，注定是不眠之夜
大屏幕上，飘荡张少林的《再唱情歌给你听》
随后，又轮番滚动着林宇中的《天黑》

黑人客家小伙奥西姆，也跟着音乐节拍唱
那种浑厚的男中音，动情而悠长
一边摇滚一边朝我挥手：外面天黑了！

"月光光，照地堂"

熊德龙老先生的肤色，不白也不黑
"老外"的长相，有荷兰和印尼的血统
没一滴中国人的血，却是客家人

他来自孤儿院，被一对华裔夫妇领养
从懂事起，养父母教他唱客家山歌
最早就唱那首"月光光，照地堂"

这个有荷兰和印尼血统的混血儿
在养父母悉心抚养和客家山歌滋润中
成长为一个顶天立地的客家商人

熊德龙老先生，把一首客家山歌
带到第三十届世界客属大会吉隆坡之夜

他无比激动地唱，无比深情地唱

"月光光，照地堂"，在双威塔飘荡
飘往遥远的马六甲甚至穿越赤道
熊德龙老先生，唱着唱着忍不住哭了

印度裔小女孩

在双威塔咖啡厅，我津津有味吃巧克力
仔细看，就是可可果加工的糖果
旁边一个印度裔小女孩，好奇盯着我
她有一双乌黑闪亮美丽的眼睛
耀眼的双威塔外，有数十株可可树
深棕蓝的色泽，犹如橄榄的果实
此刻吉隆坡神秘之夜，星光璀璨
似乎像银河奔泻而下，是南洋嘉年华
全世界的客家兄弟姐妹，来吧
在另一半球的白昼，聆听到呼唤
我会在赤道这边，赠予印度裔小女孩
可可果、巧克力，香蕉和菠萝蜜
——她美丽的眸子，像双威塔的星空
这个小女孩，没往她母亲的身后躲

大荧屏上，滑音般穿越过宇宙

天边竖起了一把琴弦。所有清晰的事物

都在冷暖色调的呼吸里，慢慢沉淀

后来塔吉克人跳累了鹰舞，按亮

咖啡厅的彩灯。魔幻世界倏然隐去

某种奇光，伴随万颗流萤照彻我们心底

远房叔叔的好邻居

那天潜入油棕林——我远房叔叔的家。
遇到几个印尼人——他的好邻居。
一个老奶奶说："我们在村里生活了近百年。"

一个女孩开心地笑，告诉我那片橡胶林和可可林，
是她家的。另一个男人去胡椒园或剑麻地。
我惊叹，爪哇岛的土地真的太肥沃了!

"你叔叔的油棕林最大，他是最早的拓荒者。
油棕林成了偌大的园林，生长茂盛。"有人说。
行走幽深的密林，看见太阳坠地，月亮舞蹈。

一棵橡树倒下，她就会发誓：我种上两棵。
要是不发誓，黑橡树皮就会皱起眉头，

把你遗弃在橡胶林，它们就会生而不长。

这是我在树下刚做的梦，这个梦改变了自己。
我走出橡树林，走回喧嚣的人群中，
步伐孩子般轻盈，我的心长成一棵树。

赶往莱特岛

傍晚前往莱特岛——靠渡船的跳板
我追逐着奔跑的椰子，遇见
一个头戴橄榄叶帽子的美丽姑娘
她问："你从哪儿来，要去奥尔莫克
这是秘密，还可以去Lake Danao游泳"
她开心地笑了，像落日沉没
我开始眺望，夜色里闪烁的渔火
许多游人被困在暮色中的船舱

但愿今夜的美丽姑娘，不会太早睡去
她带来奔跑的椰子和彩贝首饰
大海所有的鱼虾，是否蹦跳上岸
莱特岛的渔民捕捞归来，满载了收获
却没见到记忆中想象的巨鳗

我甚至被捕获和俘虏了，被困莱特岛

但绝不逃避——珍藏美好旅程

天明之后，我又将赶到塔克洛班了

奥尔莫克

奥尔莫克，在宿务的渡船之间闪亮
小提琴状的Lake Danao是一日游的好地方
那天，我还到清凉的湖水中游泳

惊奇地睁大眼睛，那儿是巨鳗栖息地
奥尔莫克，我是乘一艘快艇抵达的

人世间最美的天堂之所，就在奥尔莫克
奥尔莫克，我旅游中一段快乐旅程

神秘无比似乎又不那么神秘了
我前往奥尔莫克把所有杂念抛开
我自奥尔莫克归来把某些幸福捎来

邦加-勿里洞

十月之末，我行走在邦加-勿里洞
两座岛屿之间，目光潮湿而迷茫
在一个渔港码头，腥咸的海风
迎送那些阻隔百年朝思暮想的亲人

加斯帕海峡并不辽阔，瞭望三沙
清晨前往苏门答腊，暮晚归来
依稀可见浩茫的烟波、渔船
落霞里，不停浮闪汩汩流逝的光阴

明天我仍前往槟港，见识邦加槟榔
悬挂头顶一串串，有绵绵情缘
我陪你去瀑布山、马特勒海滩
但始终在邦加—勿里洞浪漫游荡

浩茫的海天间，飘浮的邦加-勿里洞
到午夜，仍在隐隐约约地闪跳
犹如海鸥在飞，又渐渐归于寂寥
赋予我栖身之所吗？不悲伤不彷徨

红树搭建的房屋

红树搭建的房屋，招来成群的鸥鸟
上下翻飞，依赖更多原生河水
宽阔河湾上的清真寺，闪烁金光
这是加里曼丹的斯里巴加湾市
偏僻一隅，没成为人们的遗弃之地

午夜之梦，你见到偌大的油气田
横亘到沙捞越，被丛林阻隔
醒来时，在华裔村巧遇一个黄姓人
说到麦哲伦当年在此不敢久留
所有的村落，都自豪黄皮肤姓氏

红树搭建的房屋，在此绵延数百年
命运颠沛流离，不再迷失自己

常于梦里返航,北方以北的故国
而沧桑岁月的命运,皆有史可查
与外部对接,他们唯有走出红树房屋

云水村浪漫时光

高大的树桩和水泥柱规整竖立河里
我欢快地穿过水上典雅的房子
那乘快艇的游人，时而发出欢呼
却见马来女子把床单晾晒阳台
转瞬间，所有房子披上奇异的新装

这是我在文莱云水村看到的场景
令人浪漫而陶醉。如此的时光
唤不起那年迈土著人的回忆了
返不回往昔。森林里的虫鱼和野兽
成为遥远的词汇。在水上村落
河流之上，是否平静地挥霍一生

红树下还有一些迁徙而来的人

他们张开双臂，像巨大无形的翅膀
宁可"水上漂"也不愿"陆上居"
相信，与之相处十天或半个月
肯定唤起从未认知过的狂热和幻想

临岸的芦苇房子

谁带我结识大象，鳄鱼出没河边
野兽们饮清凉的河水，而我
独揽秋暝。在芦苇盖的房顶上
有巨鸟筑巢，令人眼花缭乱
我随后蹚过河水前往对岸的野蕉林

据说，那儿所有村落还没命名
被芦苇覆盖。人们扎下帐篷
开辟好一条驿道，前面的一队马帮
就这么穿越了整个漫长的雨季
我清澈的目光迷失于无边的沼泽

对河流的认知，必须去亲近鱼类
我曾采摘可可、椰子和橄榄

在这荒凉之地，芭蕉高高悬挂头顶
很多的果实坠落湍急的激流
众多物种经历洪水摧毁后又重生

临岸的芦苇房子，竟如此坚不可摧
它的底座浸染着沧桑的苔印
早晨或黄昏，两座山峰张开翅膀
那一群異他族人循着鸟鸣而来
我远离河岸另一侧往北寻找入海口

花人

暮晚，我与明打威一座小岛打照面
从海边的丛林部落走出奇异的人
他们文着身，通体五颜六色
据说用棕榈树汁和木炭煮成的染料
这些所谓的原始居民成为花人

他们在腰下部围些树叶或扎下布条
花纹呈现的美，让人一目了然
抵达此地，我居然随风入俗脱去衣衫
在古朴的仪式下接受原始的洗礼
相貌奇古的化妆师把我打扮成花人

可以说此次偶遇让我暂时忘记了巴东
西岸勒姜人是否也与这有渊源？

花人非穆斯林，崇拜万物有灵论者

第二天，我再次返回苏门答腊

花人少女庄重为我擦掉身上花纹图案

从热带海岸往内陆腹地

这天上午，毛律人乘大篷车来了
带来饮血牛和猎人头的枪
并与我于去年相识的地方再度重逢
遁入巴夭族群出没的丛林中
聚居亚庇，一座让人敬畏的城市

从热带海岸往内陆腹地，每片椰林
都延伸到原始，是地球房子
更多的神秘村落。当我义无反顾
登陆阿塔卡。归来绵绵无期
那原生之地，唯有在回忆中珍藏

你寓居郊外，捧读一本《河山记》
注定百年孤愤，在吊藤摇椅上

遥不可及回望。加里曼丹如一艘船
浩浩荡荡地驶进那条拉让江
一个深水河港，哗啦哗啦流泪

那段河汊又到枯水期，不再通航
许多货运的木船搁浅在水边
人们等待潮湿的雨季，再去赶集
谁将踏歌而来，纷纷穿越内陆
把每次奇妙的迁徙带往部落新生伊始

水城马辰

加里曼丹岛的赶海人从暮色中返回
鲜鱼皮和海产品在夕照里闪耀
大巽他群岛的落霞托起许多西谷和椰子
果实迎风而立，鸥鸟翩翩起舞
我返回马辰时许多游人彻夜狂欢

此刻，是弥漫鱼腥味的水城马辰
是漫游岛屿之南寓居多日的水城马辰
巴里托河支流入海口托起的水城马辰
那么多纵横交错和四通八达的水城马辰
无数船只来回穿梭河道的水城马辰

清晨，我从临街的航道划船而来
玛尔达布拉河岸，居然有数千人前往

进入萨比拉木它丁清真寺做礼拜

我坐在椰树下的一张藤条椅上

仰望爪哇海及卡里马塔海峡的盛大日出

茂盛的柚林

茂盛的柚林从山脚一直铺到山腰
马都拉人把牛群赶下了河水
从一座外岛返回。有人晒盐滩涂
还有人在荒废的棕榈园种上了橡树

马都拉岛，让我好心情无所不在
那些笔直的躯干和阔大的枝叶
从阿尔玛塔往巴默卡山要穿越柚林
所有的人，在心中都曾梦见天边

若干年后，一些船只停泊在河岸
随行人之中，谁将在此地久留
那么多人结伴那么多人赴汤蹈火
自此钻进了马都拉茂盛的柚林里

让人顿生无限美好想象的柚林
当我从柚树园来到双根纳小城时
遁入一座寺院，背后窜出几只猴子
那一刻，我涉过另一条丰盈的河流

所有的牛群，翻山越岭返不回河岸
我再次赶往卡尔都鲁克的村落
许多原生土著挖出很多深洞
那是上帝恩赐给他们的富贵"白砖"

砂拉越河南岸之夜

刚到砂拉越河南岸，落日悄然沉没
月亮冉冉升起，河滩喧哗起来

有人在耳语，我仰望星宿
温暖之夜——最好给我甜椰子
再来杯咖啡可好，恭迎凉爽的风

干船坞在另一片岸，河里点亮渔火
岸上锯木、肥皂加工和制衣车间
早就没有了白日的轰鸣

本丁港市场。繁华的街市沉寂了
夜幕下所有小餐馆的屋檐
仍悬挂着鱼虾，在月光中闪耀

我想今晚，肯定整夜无眠了
那就睡到自然醒，再前往水族馆

达雅族人的栖居地

加里曼丹婆罗洲，卡普阿斯河边
达雅族人，栖居棕色房子里
他们面朝大河。每当黎明时分
那些犀鸟从树梢齐齐飞出
哦，马来犀鸟! 神秘国度的精灵
我多年来念念不忘的好朋友
让我铭记一生宽阔的卡普阿斯河
婆罗洲宽阔而又美丽的圣河
一群北移的大象，自这里出发
如今，它们成为我的坐骑
但我更留意是达雅族人，他们
曾无数次穿越迷茫的婆罗洲
然后，抵达卡普阿斯河的西北岸

美娜多

在苏拉威西，我住在美娜多
美不胜收的一座魅力小城
那么多的美。早年看《流浪地球》
湛蓝的天空，翱翔的雨燕
它不是传说，而是一座岛屿

那天，我比赤道的太阳醒来更早
穿过唐人街小餐馆的美食
到恐怖市场，空中弥漫油炸味
前往布纳肯大海洋公园
给女儿买彩贝，告诉她美娜多

随后，乘小巴抵达马哈武火山
身处五色湖，不止五种颜色

有人在数：赤橙黄绿青蓝紫……

晚上，就住宾馆的彩虹房

静静眺望，美娜多海上的月亮

加里曼丹岛以北

加里曼丹岛以北的汪洋，茫茫无涯
除了星罗棋布的珊瑚礁，偶遇
吕宋人披着芭蕉叶起舞，用橄榄叶
洗手，却洗不掉淡淡的烟草味

从南中国海驶来的船只，让鱼虾
赶往曾母暗沙巨大的海底山脉
深蓝的海天之上，悬挂太阳和月亮
哪一种祈祷，才有真实的境界？

此刻，加里曼丹岛以北的椰风停了
漫长的夏天过去后，我梦见
所有岛屿像飘浮的船，它们从
马六甲海峡摇摇晃晃靠拢过来
带来所有祈祷者无限的深情和渴盼

致玛丽卡·莫纳

玛丽卡·莫纳，昨天你返回吕宋岛
我们中间已隔开了一片汪洋
你并非到马尼拉，而是去奥隆阿波

玛丽卡·莫纳，你那边的芭蕉甜不甜
奥隆阿波的郊外有没有栽种
听说种植很多烟草，可我已戒烟了

今夜的台风，就是从你那边吹来
马尼拉都市的小伙长得怎么样
从棉兰老岛赶来的桑切斯，追求你吗

仍记得你说过对黄岩岛情有独钟
它离我的故国很远，但你不能前往
说自己只能停在一片芭蕉雨上面

把鱼虾赶往天上

如果能够，你把鱼虾赶往天上
我不打算去苏拉威西海捕捞
在巨大渔场中，渔民面对一群鱼虾
围追堵截，怜惜自己命运多舛，尚且
把鱼虾当作流浪动物赶往天上

我相信世界处于动荡或完美之中
所有的人，戴着和善的面具
一艘神秘的货轮，驶向彼岸也不会
驶往天上。唯在日月星辰更替时
把相同命运的人，运抵远方的汪洋

去南沙看巨鲸

我们决定乘船前往，为了看巨鲸
傍晚，它们出现在港湾之外
乳白的身体，遨游夕照的波涛
遗憾的是，置身茫茫南沙
没见巨鲸现身，却见成群海豚窜来
优哉游哉地恭迎远来的游客
我们进入万顷碧波的游牧场
对于游人到来，海豚并不惊讶
无法掩饰自己的喜悦，窜过游船
跃向浪花之上，落日之下
汪洋中的游牧场，茫茫无涯
神秘的碧空，是海豚矫健的身影
海风吹拂，我们对着它们呼喊
并且发现，它们此刻正奋力
从明月大海游向星河，我敞开胸怀

在科尔半岛爱上斜照

在科尔半岛，我爱上了斜照
沙滩后是槟榔树，有零星的蕉麻
原住居民砍伐甘蔗和摘回烟叶
马尼拉外，我枕着它的绿肺呼吸

我又去吕宋岛北岸，夕阳坠落
照临玉米和稻谷，香蕉和杧果
椰子园里，他加禄人正在虔诚祈祷
两列神奇的山脉深情地对视

一轮血淋淋的夕阳悄然沉没
安静卧在世界另一边，海角或天涯
林加延湾的渔船，全驶了过来
我匆匆忙忙逃离，穿越河谷低处

科尔半岛的大海，夕光水天一色
此刻我仰躺在海面，心朝海下
犹若一条欢快的鱼遨游空中
斜照里我往天堂再做一次深呼吸

什加亚姆河汉

游艇沿水而上，抵达此地我们累了
河岸杂树丛生，是几间小木屋
清澈的流水，缓缓地漫上来

我们安顿之后，内心倍感轻松愉悦
四周并不安静，草丛中有微响
原来，脚旁蹿过几只小松鼠

这里肯定住过猎人，或者探险者
我们生火煮饭，今晚就在此过夜了
自然，酒足饭饱后才有力气

趁未天黑，去冒热气的潭中沐浴
聆听什加亚姆河浩荡的水声
忍不住回望河汉，所有的鸟归巢了

巴纳韦梯田

在山脊旅馆凭栅俯瞰，悬崖峭壁下
浓雾弥漫，周围层峦叠翠
一条条银链般的石渠从山顶倾泻而出
流泉淙淙，翠绿的禾苗探出头

这是巴纳韦梯田，穿云霄临峡谷
清越的流泉犹如上帝的恩宠
自成溪流、瀑布，潺潺之音不绝于耳
随后，很多人穿过弯曲的田塍

巴纳韦梯田是何时开垦出来的？
所有伊富高人都用沉默来回答你
巨大的围石重现沧桑的色泽
山麓的栈道，绕过亭台若史前吊床

石渠内汩汩的溪水清澈见底

滋养丘丘水稻，由青变绿到层层金黄

那些空旷峡谷里祈祷的人

整个漫长的雨季把寓居的人喊醒

卡加延河谷

正午，几个伊洛克族人返回岸边
傍晚我们钻进了卡加延河谷
一群肥硕的水牛在河滩优哉游哉吃草
它们的宿命，从没离开这里

不过近年，居然不少人告别村落
去海边捕鱼或到城里经商
据说还有一部分人，远赴岛外
幸福触手可及，招引自己尾随而至

其实他们懂得，在外打拼的艰辛
总有难以割舍的牵挂和困意
梦中的卡加延河谷，始终遗忘
返回村落时百兽已奏响欢快的和弦

收割祭

伊洛克族人自海岸迁徙到吕宋内陆
是海神将他们一路护佑于此
每年六、七月，举行盛大祭仪
陆地那些祖先亡魂是否显现
祈求农作物丰收，还有收割的人
在月亮升起前与鸟群一起奔回

对于伊洛克族人来说需要粮食满仓
迎来丰年祭，何管开始抑或结束
人群追逐羊群也追逐他们自己
还围扎去年夏天那根情牵的绳索
又有很多伊洛克族人收割水稻
盛大祭拜带来的喜悦往往多于悲怆

贝都因荒原

贝都因荒原，并非在非洲之北

而是在神奇迷幻的世界之南——

撒哈拉沙漠内陆，我确信并捧读：

呈现原始风光和精神皈依

道尽了太多对生命本体的人文关怀

乃至低矮灌木、荆棘、草甸

从黎明旷野上缓慢上升的鸟群

亘古的道路，孤独的边陲

仿佛置于空旷中——受命前来

贝都因人，让我吸纳更多思想

尝试前所未有的救赎，共情的空间

在某个清晨，感受着一切

当我仰望日月星辰，博大的悲悯

越来越清晰，它属于穿越

不是结束之旅，而是新生伊始

乌卡利亚河

傍晚，与侨居秘鲁一个朋友微信：
在她住所旁有一条湍急的河流
闪耀在安第斯山脉的雪线下
淙淙的冰水，穿越青葱的丛林、峡谷
偶尔，漫上印第安人的屋顶
纵横在罗普纳山巨大的神秘之上
汇聚百川之水，进入大平原
并浩浩荡荡行进在我的诗歌里

它叫乌卡利亚河！源头在安第斯山
不仅是秘鲁的，厄瓜多尔的
也是哥伦比亚的，委内瑞拉的
圭亚那的，苏里南的，玻利维亚的
注入亚马孙，它还是巴西的

但不再叫乌卡利亚，而是神一般存在

当然仍可回望——安第斯之巅

并且，还将遁入茫茫的热带雨林

查亚峰的雪

思绪沿大洋洲边地内陆，朝向山巅
犹如风之子，往雪线上奔跑
仿佛触摸天空，喷射白色火焰
照耀新几内亚岛的另一侧
导游说，此山积雪仍在不断融化
估摸等不到2025年某一天
那时，我们站在时间的悬崖边

我的心，犹如一只急旋滑翔的鹰
从何时开始，气温缓慢上升
那些积雪，成为往昔永恒的回忆了
随后我们穿越神秘的热带雨林
避开土著的突然袭击
当然还将远离蔚蓝色的太平洋

让他们栖居在我不曾经历的诗篇上

谁瞩目我们另一次伟大的旅行
感动黑夜无数的星光和神秘之梦

我不愿叫它萨哈林岛

我不愿叫它萨哈林岛
我愿叫它苦叶、苦兀、骨嵬或骨龙屿
我甚至不愿叫它黑河口岛

我宁愿重新学习母语
手执利斧，劈开鄂霍次克海，间宫海峡
劈开宗谷海峡和日本北海道
心中，丝毫无惧寒冷

我宁愿再次穿越针叶林带
前往东岸，骑在一条大马哈鱼的背脊
寻找鄂温克、阿伊努、费雅喀人
神在河口创造出的"库页岛"

168

我不愿叫它萨哈林岛

多年前，我曾前往那儿一趟

我把内心的悲伤遗落在库页岛

他是否去惠灵顿

孙多巴早年留学新西兰，毕业留在惠灵顿
娶了洋妞，生下一对双胞胎混血女儿
近年经营进出口贸易，推销最多是奶粉
可不知什么原因，最近他已返家中
听说与妻子劳燕分飞，女儿都不愿跟他

他是一个邻家大孩子，我看着他长大
常购买他邮寄的驼奶，印着南半球草原风光
犹记得，是莎玛拉羊驼辽阔的牧场
坐落在班克斯半岛，眺望阿卡罗阿海湾
莎玛拉羊驼牧场，有世界最好的羊奶

如今孙多巴不再经营奶粉，他没一点头绪
一直蜗居家中，幸好内心湖水般透明

总不愿回忆，南半球那些美丽的岛屿
城北的金色海岸和东面的怀拉拉帕平原
他不知是否去惠灵顿，感受那强烈的海风

圣保罗消息

午夜时分，游尘的大姐琼柳，
从遥远的巴西圣保罗发来微信：
"这里空气紧张且沉重，无须多言。"
在异常压抑的氛围中，我默默
祝福从未谋面的另一些人，
穿越辽阔亚马孙河的热带雨林，
漂过南太平洋，并非热烈的桑巴舞，
却是我感受到最亲切的消息。
游尘的大姐在圣保罗朗诵我的诗，
温暖的文字是故国的母语。
当我看到最亲切的几行，又若
蓝天的云朵那般轻盈。一个诗人，
想象一个少年穿过城市样子，
我热爱的诗人，许多消息充满

神秘的力量。游尘的大姐再度重温
父母兄弟与她合影的旧照片，
我见过。风吹走疼痛的、贫困的，
却又不失激情燃烧的那个年代。

午夜圣保罗的消息，看来流下了
两行泪水，狠狠拍打我的房门。

河流之王

其实，从伊基托斯到内格罗河河口
称为索利蒙伊斯（Solimoes）河
从内格罗河到入海口，才叫亚马孙河
亚马孙河，被誉为"河流之王"
发源巍峨的安第斯雪山，准确地说
是秘鲁科罗普纳山的冰峰
在梦中，我接纳山间的淙淙流水
乘舟而下。置身于广阔的平原
亚马孙，亚马孙，你这"河流之王"

我不能再蜗居内陆了，向往大海
我曾去马拉若岛，浩瀚无边的入海口
但愿我们，成为它的每一条支流
它是大自然之母，岂止博爱无边

茫茫无涯，似乎永远无所不能
当自己的内心，炎热如赤道
我所有的付出，如河流贮满了流量
它所孕育的，却是最大一片热带雨林
赋予世界遗世独立的精神和生命

马尔维纳斯群岛

迷茫目光穿越上世纪中北美之夏
上帝之手，挥过潘帕斯草原
谁紧紧地摁住那些神奇的魅力
一种无与伦比的孤独求败
当我再次回望遥远的英格兰
前往美洲之南，穿越平原和河流
蹚过寒冷之域无数神秘的岛屿
被殖民控制下的马尔维纳斯群岛

某一年，阿根廷丢失了锁匙
四年后，重新挥出他的上帝之手
尊严被紧紧摁住。有关南美洲
有关三个平行相等的长条形国旗
遗忘一切，过去了这么多年

我依然无法忘记神奇上帝之手
你不止一次把英格兰踢出荧屏
却不见马尔维纳斯群岛上空的鸽子

与一座火山对峙

峰顶间突然毫无征兆喷出愤怒的火焰，
瞬间铺天盖地散落在附近的丛林，
是那些石块、岩浆。它们并不规则，
随即，吞噬世间所有的一切——
或许，让人们处在一片迷雾之中，
我则希望别把高山夷为平地，
失重于内心的废墟。撤离那些村落，
穿越赤道的炎热地带，一座火山，
犹如一匹一匹狂奔的枣红马：
富士山、乞力马扎罗山、科托帕克希山，
壮观如我。如今在巴厘岛登巴萨，
遥望巴度火山，犹如世外之地，
我竟与它孤独地对峙。恍惚之中，
从空中坠落更多云朵，橙色和淡红色的。
傍晚时分，辉映清澈明丽的巴度湖。

热带地域

整个冬天，我寓居热带地域
潮湿的雨林气息让人心有所触
我缅怀北方，用冰棒解渴
在一个阳光异常粗暴的午后
我发现河边矗立的一座冷库
冷藏昨夜捕捞上岸的鱼虾
在那一刹那，这辽阔的河流
被一张撒开巨大的网捕捞
我体验一种未经历的动荡生活

我画上一座岛屿

那年暑假，我前往海边写生
没看见岛屿，我便画上一座岛屿
还要描摹出一艘漂浮的大船
载上一些真实又虚幻的人
我想把那些人，一个个画成
美人鱼和美人虾的模样
每时每刻都把它们带在身边
漫长的夏天过去，我还把
那座岛屿搬到椰树拥簇的海岸
就像深蓝大海的一颗巨蛋
一个巨翅老人隐现水天之间
让游人们有了欣喜和欢呼的理由
暑假结束，我终于收起画笔
亲自把一座岛屿永远藏起
随后孤单地远离红树林的海边

硇洲渔火

航道里波光粼粼，有迷茫之美

是否可以对饮长风

所有船只于午夜进入我的期盼之港

百年沧桑，有苦难之痒

若内心之虚空……马鞍山上

传来渔歌唱晚，仿佛有人

吟诵经典。是否可以用心聆听

硇洲小调，抑或仰天长啸

珍惜非缘由。我愿做一个千年的

守望者，独伴渔火

借一只海鸥，衔着思恋飞去飞来

不想诀别，面对海里海外

此生擎着一盏闪着微弱光亮的孤灯

美奈半岛

月亮从海面升起，星星撒满大海，
沙滩上蓦然奏响摇滚和音乐。

集合海上的鸥鸟，海下的鱼虾，
所有的捕鱼人，也匆匆赶来。

灯影辉煌的海滩，游人如织。
我伫立礁石，独自擎起一束火把。

观景台外，是浪追浪涌的大海，
蕉风椰雨飘飞，伴船长远航归来。

红树林之晨

一只巨鸟驮着一个天使前往香茄岛，
我在寻找她时，时光突然静止。

在红树林边，感觉自己已迷失，迷失，
上世纪一座教堂，钟声刚敲响，敲响。

从内陆漂泊而来的人，遗忘祖籍，
母语模糊了，把自己留给早晨。
行走在香茄岛，一只天使坠入大海。

黄榄角的回忆

秋天的棕榈林外，生长黄榄角
我远房伯父的岳父栽种的树
那是民国的某天，他还是一个孩子
追随着一茬又一茬下南洋的人
追逐着奔跑的风，还有冷酷的心
曾用黄榄角叶编成一只花环

谁把整个山原收拾得如春天一般
远房伯父也走过那片黄榄角林
在他死了——更多的棕榈林
生长在离我越来越近的马来半岛上

当我捎带父亲的思念下南洋
我的伯父，只剩下黄榄角的回忆

黑海鸥

傍晚，我相机快门将那团黑定格了
香葩岛的黑海鸥，孤独地嘶鸣
它穿越茫茫无际的夕光和黑夜

清晨，我才看清黑海鸥的翅膀
我尾随那团黑，跑向海的另一片岸
我又朝它大声呼喊，黑海鸥——

这个明朗的早晨，香葩岛的黑海鸥
在红彤彤的海天间，我愿成为
另一团黑光，和唯一的一次飞翔

澎湖列岛

我的背后是辽阔的内陆，
可眺望那些芭蕉叶状的岛屿。

我去捕捞，捕捞七十年前的明月。

明月升起海上，也升向天空，
每当星光闪烁，更有银河奔涌⋯⋯

橡皮船

它驶出海湾，随即穿越汪洋，
乘载日月星辰，人类和动植物，
抵达每个港口。我走下船，
很多地方已熟悉，记录一切，
接纳世界所有宽广的胸怀。
请爱上鱼虾、诗歌与大海，
请爱上橡皮船，从没停止航行，
用前半生，与鸥鸟说再见，
用后半世，成为燃烧的火焰。

乘游艇去沱沱岛

傍晚乘游艇去沱沱岛，落日斜照
茫茫海天之间，薄雾缭绕
岸边洁净的沙砾上，泊满鸟群
此刻，天空坠下一颗颗金子
我们是否去浮潜，观鲸抑或捕鱼
或到海蚀岩公园看海豚表演
然后顺仙人掌道，前往渔隐村
一群鸟，晃悠悠跟踪我们
当抵达岛东悬崖，落日悄然沉没

暮色四合的海湾

每当暮色四合，他从海湾上升
想象自己成为飞翔之人，永恒之人
展开一张巨大翅膀，是舞动的
那痴情女人也是舞动的。她必须
做出更多牺牲。期待穿越黄昏

所有飞翔的秘密，并非无解
反而不断变幻假象，越来越模糊
越来越神秘。又不宜公诸于众——
唯在无穷无尽的猜测和回忆中

唯有等待，幸福出现午后的大海
他却沉默，孤独遗落傍晚的沙滩
每当她再次出现在面前，转身

返回他温暖的家。美好的一日
暮色的港湾笼罩弧光，缓缓闭合